31143009928467
J SP FIC Saldana, R
Saldana, Rene, author.
The mystery of the
mischievous marker

DISCARDED

RICHMOND PUBLIC LIBRARY

J

Trav

D0426157

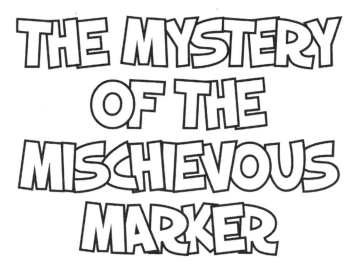

THE MYSTERY OF THE MISCHIEVOUS MARKER

A MICKEY RANGEL MYSTERY

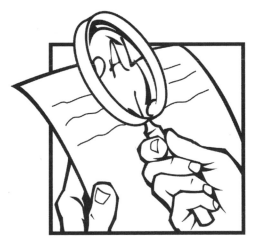

POR RENÉ SALDAÑA, JR.

PIÑATA
BOOKS

PIÑATA BOOKS
ARTE PÚBLICO PRESS
HOUSTON, TEXAS

for Mark Tristán, a fighter
also for Tina, Lukas, Mikah, Jakob and Kalyn

The Mystery of the Mischievous Marker is made possible through a grant from the City of Houston through the Houston Arts Alliance.

Piñata Books are full of surprises!

Piñata Books
An imprint of
Arte Público Press
University of Houston
4902 Gulf Fwy, Bldg 19, Rm 100
Houston, Texas 77204-2004

Cover design by Mora Des!gn
Cover illustration by Giovanni Mora
Inside Illustrations by Mora Des!gn

Saldaña, Jr., René.
    The mystery of the mischievous marker / by René Saldaña, Jr. ; Spanish translation by Carolina Villarroel = El misterio del malvado marcador / por René Saldaña, Jr. ; traducción al español de Carolina Villarroel.
        p.   cm.
    Summary: School principal Mrs. Abrego and nemesis Bucho both ask detective Mickey Rangel to help unmask the vandal who has been writing messages all over the school walls.
    ISBN 978-1-55885-776-6 (alk. paper)
    [1. Vandalism—Fiction. 2. Graffiti—Fiction. 3. Schools—Fiction. 4. Mystery and detective stories. 5. Spanish language materials—Bilingual.] I. Villarroel, Carolina, 1971– translator. II. Title. III. Title: Misterio del malvado marcador.
PZ73.S2753 2013
[Fic]—dc23

                                                                2013029125
                                                                CIP

♾The paper used in this publication meets the requirements of the American National Standard for Information Sciences—Permanence of Paper for Printed Library Materials, ANSI Z39.48-1984.

The Mystery of the Mischievous Marker
© 2013 by René Saldaña, Jr.
El misterio del malvado marcador © 2013 by Arte Público Press

Printed in the United States of America
August 2013–September 2013
United Graphics, Inc., Mattoon, IL
12 11 10 9 8 7 6 5 4 3 2 1

ONE

This morning, I found myself sitting on the hot seat; yep, the principal's office. I don't mind telling you, it was working the way it's meant to work. I was sweating bullets. A fifth grader is never summoned to Mrs. Abrego's office just for the fun of it. Kids get called in for one of two reasons: they're either selling chocolate bars as a fundraiser for the student council (it was common knowledge that Mrs. A was a sucker for the almond variety), or they've done something they shouldn't have been doing, and they got caught.

I wasn't in the student council, so that told me I wasn't there because Mrs. A was looking to satisfy her craving for candy bars. For the life of me, though, I could not come up with a reason why else I was sitting in this very uncomfortable leather chair. I hadn't done anything that warranted being pulled out of homeroom the moment I set foot in the classroom, anyway. I was trying to remain calm, to stay cool. First rule of interrogation that I learned from my online course on Private Investigative techniques was: "To keep them guessing, play it like Baby Bear: not too cool, not too hot, but just right." Okay, that

pertained to the one asking the questions, but I figured it applied to the one getting grilled, too. Try as I might to be cool as a cucumber, though, I could not help but be nervous and know the jitters were beginning to show: in the sweat streaming down my face, my left eye twitching and my slight rocking back and forth. Without knowing my crime, it was obvious on my face I'd done it, whatever "it" was.

It didn't help either that as soon as she asked me to take a seat she shuffled some papers on her desk, and without looking at me, said, "Sit tight, Rangel. I'll be right back." She got up, walked to the door, stood there a few moments without saying a word, sighed, then left me alone in her office. Did I say she left me all by myself? In her office? Part of her grand master plan, I was sure of it. If, as a private detective, I ever needed to find out some key information on a case from a meany, I'd leave him alone, too. Let him stew. Which was all good and well when you were the one stepping out, not the one left behind. It was nerve-wracking.

Making matters worse was that overhead, running approximately the length of her desk, was a row of track lights, each of the fixtures pointed strategically at my face. Cause number two for my sweating like an ice cube on a South Texas summer day. In other words, bucket loads.

To help pass the time, to help keep myself from throwing my body onto the floor in a fetal position like a baby sucking his thumb, I studied my surroundings. Something else I learned from my online courses: "Get to know where you're at, because wherever you find yourself, there you are." There I was, and so, first, I surveyed her desk, the sort of desk one would expect to find in principals' offices around the world: on the dark side of cherry wood, but most likely not actual wood but particle board instead. Covering the top was a sheet of clear glass, under which she kept photos, mostly of her children, if I had to guess. One of a boy and a little girl during what I surmised to be Halloween, because the boy was decked out in a zombie outfit and the little girl was dressed as a pink unicorn, both of them carrying their jack-o-lantern baskets. His was the hard orange plastic variety, hers a soft plush. Across the bottom of the photo the names Aaron and Bella were written in clean block letters on a sticky note, followed by the year. The other photos were of the family and friends kind. Nothing really stuck out except for the one of the kids, which reminded me of mine and Ricky's Halloween this past year. I had made an oversized stool out of cardboard. I had cut a hole on the seat to fit my head through. Ricky, my twin brother, dressed like a pigeon, though most people where we trick-or-treated mistook him for a turkey. They just didn't get the joke. More times than not, we had to explain it: "You see, I'm a stool, Ricky's a pigeon. So, we're a stool pigeon. Get it? You know, the bad guy in crime novels who's a tattle tale?" It was really disappointing after all the work we put into our costumes. I think we decided that if we go out next Halloween, we'd dress up as super heroes.

Claro, eso es para el que hace las preguntas, pero creo que de todas formas también se puede aplicar al que está siendo interrogado. Pero aun tratando de estar fresquito como un pepino, no podía evitar estar nervioso y sabía que el miedo se me estaba empezando a notar: en el sudor que corría por mi rostro, en el tic de mi ojo izquierdo y mi constante balanceo hacia adelante y hacia atrás. Sin saber mi crimen, era obvio, por mi cara, que yo lo había cometido, cualquiera que "éste" haya sido.

Tampoco ayudó que tan pronto me pidiera tomar asiento moviera unos papeles en su escritorio y sin mirarme dijera, "Espérame, Rangel. Vuelvo inmediatamente". Se levantó, caminó hacia la puerta, se detuvo por unos instantes sin decir ni una palabra, suspiró, luego me dejó solo, en su oficina. ¿Ya dije que me dejó solo? ¿En su oficina? Parte de su plan maestro, de eso estaba seguro. Y si yo, como detective privado, alguna vez necesitara sacar información de un malandrillo sobre quién hizo qué yo también lo dejaría solo. Que se cocinara a fuego lento. Lo que está muy bien si eres el que va saliendo, no el que se queda atrás. Yo ya era un atado de nervios.

Para empeorar las cosas, encima había una lámpara, del largo de su escritorio; era una hilera de luces y cada una de ellas apuntaba estratégicamente hacia mi rostro. La segunda culpable de que yo transpirara como un cubo de hielo en un día de verano en el sur de Tejas. En otras palabras, a baldes.

Para ayudarme a pasar el tiempo, para resistir la tentación de no tirarme al suelo en posición fetal como un bebé chupándose el dedo, me dediqué a estudiar mi entorno. Algo más que había aprendido en mis clases por Internet: "Estudia tu alrededor, porque donde quiera que te encuentres, allí ya estás". Y allí estaba. Y entonces, primero, estudié su escritorio, el tipo de escritorio que uno espera encontrar en las oficinas de los directores de todo el mundo: de madera de cerezo más bien oscura, pero lo más probable no madera sino más bien madera prensada. Cubriéndolo había un vidrio bajo el cual había fotos, en su mayoría de sus niños, si tuviera que adivinar. Una de un niño y una niña pequeña durante lo que asumo era Noche de Brujas, porque el niño estaba vestido con un traje de zombi y la niñita estaba disfrazada de un unicornio rosado, los dos con sus canastitas de calabaza. La de él era de plástico duro naranjo, la de ella de felpa suave. Al pie de la foto estaban escritos los nombres Aaron y Bella en claras letras de bloque en una notita autoadhesiva, seguidos del año. Las otras fotos eran del tipo familiar y de amigos. Nada resaltaba excepto por la foto de los niños, que me recordaba de nuestra, mía y de Ricky, Noche de Brujas. Había construido un banquito grande y le había cortado un hoyo en el asiento para que cupiera mi cabeza. Ricky, mi mellizo, se había disfrazado de paloma, aunque mucha gente a la que le pedimos dulces lo confundió con un pavo, así es que les fue casi imposible entender el chiste de nuestros disfraces. Tuvimos que explicárselos varias veces "Yo soy el 'stool' y Ricky el 'pigeon'; es decir somos un 'stool pigeon', el soplón de las novelas de crimen, el que siempre delata a los demás. ¿Entiendes?" Era decepcionante que después de todo lo que nos esfor-

In addition to the papers Mrs. A had shuffled earlier, there were also a stapler on the desk, a name plate and a letter opener that looked like a mini-sword. The stack of papers was face-down, close enough for me to take a peek if I were curious like a cat with all nine lives to spare. I still had no idea why I was there, so I wasn't taking any chances; however, I'd arm myself with every other possible detail available to me. The plants on each side of the window right behind her chair were fake, and by the looks of them, shiny like they were, Mrs. A was a clean freak. Most of those do nothing but gather dust. Hanging from the walls were the appropriate number and kinds of framed items: diplomas, pictures of Mrs. A shaking hands with important-looking people, certificates, awards and a crayon-based piece of "artwork," the sort my mother kept on the fridge to this day from Ricky's and my younger days. I was tempted to take a closer look at her diplomas to see for myself when and where she graduated, and just as I was shifting my weight onto my feet to stand, the doorknob turned with a slight squeak. Then the door opened wide.

I collapsed back into my chair. From the look on her face, I knew I was done for. I felt like a stuck pig at a barbeque convention.

TWO

Mrs. Abrego sat behind her desk, flipped the stack of papers from earlier, rifled through them, reordered a few, all the while saying nothing.

Long moments passed. The lights seemed brighter and hotter on my face now that she was back. I tried not to, but I couldn't help swallowing hard and loud. *The longer the silence, the bigger the crime*, I thought. All I could come up with under this pressure was the spitball fight on the bus from this morning. Hmm. I needed a plan of attack, and fast, but my mind was sluggish. I'd never been on this side of the interrogation before. I had no clue how to devise said plan of attack.

"So," said Mrs. A, training her gaze on me, finally. With those eyes leveled right at me now, I actually preferred the long quiet without her looking at me. "You must be wondering why I've called you to my office?" she said. She was deadly cold in her approach. Such a pro. I knew if this took any longer, I would crack like a nut. I'd confess to whatever she accused me of.

And oh, that stare! Now my right leg was betraying me, too. It was shaking noticeably. "Sort of," I

DOS

La señora Abrego se sentó detrás de su escritorio, dio vuelta la ruma de papeles, los revisó, reordenó unos cuantos, mientras permanecía en silencio.

Pasaron lentos los minutos. Las luces parecían más brillantes y calientes en mi cara ahora que ella estaba de vuelta. Traté de no hacerlo, pero no pude evitar tragar fuerte y ruidosamente. *Mientras más largo el silencio, peor el crimen*, pensé. Y todo lo que pude recordar bajo esta presión fue la pelea con bolitas de papel ensalivado en el bus esta mañana. Mmm, necesito un plan de ataque, y pronto. Pero mi mente estaba muy lenta. Nunca había estado de este lado del interrogatorio. No tenía idea de cómo idear dicho plan de ataque.

—Entonces —dijo la señora A, por fin enfocando su mirada en mí. Ahora que tenía esos ojos al nivel de mi cara, prefería ese largo silencio cuando ella no me miraba—. Te debes estar preguntando por qué te llamé a mi oficina —dijo. Fue fría como un témpano en su acercamiento. Pero qué profesional. Yo sabía que si esto tomara más tiempo, cantaría como un gallo. Confesaría de cualquier cosa de que se me acusara.

zamos con los disfraces no lo entendieran. Creo que ya decidimos que el próximo año nos disfrazaremos de súper héroes.

A parte de los papeles que había removido la señora A, en el escritorio también había una grapadora, una placa y un abridor de cartas que era como una mini espada. La ruma de papeles estaba volteados hacia abajo, lo suficientemente cerca como para que yo echara una mirada si fuera curioso como un gato con nueve vidas. Aún no tenía la menor idea de por qué estaba ahí, así es que no iba a tomar ningún riesgo. Me armaría con cualquier detalle posible que tuviera a la mano. Las dos plantas a cada lado de la ventana detrás de la silla eran falsas y por lo que veía, estaban demasiado brillantes, la señora A era una fanática de la limpieza. Muchas de esas plantas lo único que hacen es acumular polvo. Colgando de las paredes había el número y tipo apropiado de ítems enmarcados: diplomas, fotografías de la señora A dándose la mano con gente que se veía importante, certificados, premios y una pieza de "arte" hecha con crayones, del tipo que mi madre aún tiene en el refrigerador de Ricky y míos de cuando éramos más jóvenes. Estuve tentado de mirar más de cerca su diploma para ver por mí mismo cuándo y dónde se había graduado y justo cuando estaba apoyando los pies para pararme, la manilla de la puerta giró haciendo un pequeño chirrido. Luego la puerta se abrió totalmente.

Me dejé caer en la silla. Y por su mirada supe que estaba perdido. Me sentía como un cerdo atrapado en una convención de asados.

said. "To be honest, I've been going over in my head what I could've possibly done, what trouble I could've gotten into to merit being called to your office, ma'am. . . . Although there was that spitball incident from this morning on the bus, it was only just this morning and mostly between Ricky and me, so word couldn't have reached you so quickly, and even if it had, I would argue that my actions weren't so bad that . . . " I stopped midsentence when I saw her reach for a pen and then begin taking notes. "What I mean to say, ma'am, is, no, I can't think of anything, period. I mean, yes, ma'am, I have been wondering why you would call me here."

There was a slight smile on her face, though it didn't have to be one. It could've been just that look all principals share—the stern smirk used to confuse students. She lay down the pen and leaned back in her chair. It squeaked like the door had. No matter the outcome, I'd have to recommend squirting a bit of oil on them. Unless, of course, it was part of her principal's ruse, a means of throwing students off balance with the annoying screeches. She was a wiley one, this Mrs. A.

"Well," she said, "never mind about the, uh, spitball episode, at least for now." Again with the smile slash smirk.

"As to why I've asked you to my office, Mr. Rangel," she continued, "may I call you Mickey?"

"Certainly, ma'am," I said maybe a little too eagerly. But I needed to get her on my side, especially when I didn't know my "crime."

She looked briefly at the papers then back at me with a soft, sad face this time. "Mickey, I'm sure you've seen the graffiti marring our walls lately. Of course, we try and have them cleaned up before any of you get a chance to see the ugliness, but you can't get rid of the marker completely. Anyhow, the substance of the messages, aimed primarily at me, is fairly harmless. I'm a principal, after all, so I've grown a thick skin over the years — sticks and stones, you know? What is bothersome beyond belief, though, is that someone thinks so very little of our school that they would show such disrespect. Not just to me, but to all of us. I'm proud of our school, Mickey. I count myself fortunate to be principal here. So it's heartbreaking when something like this happens." She shook her head, and for the first time since looking at me she dropped her eyes.

It all of a sudden hit me why I was here. I partway stood. "Mrs. Abrego, you don't think that I . . . you can't believe . . . me?"

She snapped her head up, leaned forward, put a hand to her heart and she shook her other one. "Oh, goodness, no, Mickey. I'm sorry I haven't been clear. Please, sit, sit."

I did.

She leaned back, too. "No, I don't think for a second you have anything to do with this ugliness."

When my racing mind slowed down and I was able to process what Mrs. A had just said, I sighed in relief. Then a split moment later, I asked, "So, then why am I here, if you don't mind me asking?"

"Am I right in saying you're a sort of detective, young though you are?"

"Actually, Mrs. Abrego," I said, "I'm the real deal. I've taken several online courses. I took and passed every one of their tests, and they sent me a certificate, which I've got at home, framed if you want to see it." I pulled my wallet from my back pocket, removed my private eye I.D. card, and reached across the desk as far as my 5th grade arm could reach to show it to her. "I've got a badge, too. Want to see?"

She took it from me, scanned it briefly, turned it over for an even shorter time, then handed it to me. "That's very impressive, Mickey."

"Thank you, ma'am. But I still don't understand why I'm here."

"Mickey," she said, "I'll be frank with you."

I was so tempted to say, "And I'll be Shirley with you," but I thought this would be the absolutely wrong time for my joke. So I kept my mouth shut for the time being.

She continued: "I'm in a bit of a sticky situation."

She grabbed the stack of papers, stood, and walked to the window overlooking the playground, a blacktop covered in hopscotch and four-square courts, a couple of basketball hoops, and not much else. It's where we played Ultimate Dodgeball during P.E., too.

It was her turn to sigh. After what looked like thinking hard on her part, she invited me to the window.

I made my way around her desk to the window and stood beside her, looking at the pre-K classes running around in circles with multicolored streamers flitting from their chubby fists.

Mrs. A then said, "Take a good look out this window with me, Mickey, and tell me what you see."

"I'm not sure what you mean, ma'am."

"For instance," she said, "do you see Mr. Button out there scrubbing the wall?"

I nodded. His bright orange janitor's supply cart was parked right beside him. He'd be hard to miss.

"If you look closer, you'll see he's trying to get rid of the latest message, but to no avail. That one we'll have to paint over, it looks like. You can still read it, can't you?"

I read it aloud: "Our Principle's no 'pal' of nobodie's!"

It was interesting spelling and punctuation choices this Mischievous Marker had made. It hadn't taken me but an instant to come up with a nickname for the baddy, and just like that, I knew why I was here. Mrs. A needed my help in finding out who the culprit was so she could clean up the school, so to speak.

"I take it you noticed the errors in grammar and punctuation. It should read 'principal,' ending in –*pal*, not –*ple*. Major difference, as you well should know if you've been paying attention in Mrs. Garza's English class."

I had been, and then some. I added, "That is the most obvious error, ma'am. But there's also the 'nobody,' that is spelled as though it were plural,

ending in –*ies*, though to the trained eye, which mine is, the word is only made to look like the plural form of the word, though it should be singular. And though there is an apostrophe, it's in the wrong position. Errors abound."

I was enjoying analyzing everything wrong with the message. I was eager for her to ask me to join, if not outright lead, her investigative team. I felt I'd more than proven my mettle in this short time.

"So many clues!" I said. "Oh, is that a 'B' at the bottom right corner, almost like a signature?"

"You caught that, too? Most impressive, Mickey."

"Thanks, ma'am." I was glad *she'd* caught that.

"I also got an anonymous email this morning right as I turned on my computer. The author claims to be an eyewitness to the wrong-doing. What can you make of it?" She handed me the sheet of paper.

I gave it a quick scan. "Hmmm," I said, "incriminating, to say the least. So the letter 'B' on the wall would make sense then." I couldn't believe she hadn't already solved this crime on her own. She was a principal after all, with at least two college degrees, and she hadn't seen the answer that was right there under her nose. No wonder she needed my help.

"Based on the overabundance of clues, all fingers sure do point to none other than Bucho."

"Yes, I was thinking the same exact thing, Mickey, but here's the thing," she said, and paused.

I held my breath for what would come next, and then she said, "Let's sit back down."

Aaaggghh! The dreaded dramatic pause!

THREE

Sitting across from one another again, Mrs. A said, "You see, Mickey, I've already spoken with Bucho. He left a few minutes before you got here. I confronted him with this supposed evidence, and he denies having anything to do with marking up the walls. Believe it or not, despite his tough attitude, he was nearly in tears."

Bucho, my life-long arch-nemesis, in tears! I didn't believe it, not for a second. He never cried. Never. And if he were shedding tears, I just knew they were crocodile tears. He'd have an ulterior motive. He always had some trick up his sleeve. I'd seen it before: a bully crying to a teacher so as not to get punished too severely for being a tyrant on the black top, or a kid yammering about this or that to get out of taking a test. And every time it was to gain the upper hand. I had no doubt Bucho was pulling the same kind of stunt on Mrs. A, and I felt bad for her because she was supposed to be smarter than to allow herself to be taken advantage of. *She must be a softy despite her glare*, I thought.

"Ma'am," I told her, "I don't think you should be telling me any of this. Isn't there some kind of student-principal confidentiality code, like between a doctor and her patient, or a man of the cloth and the sinner?"

"Normally, yes, but he gave me permission to discuss this matter with you, every bit of it."

"Wait, what? You mean he *told* you it was okay to talk to *me* about this? Why would he do that?"

She shrugged her shoulders, as though she couldn't believe it either. "Mickey, Bucho was so adamant that he wasn't the culprit that he recommended I bring you in on the case. He's the one, as a matter of fact, who told me you were a detective, a very good one. He said that if anyone could prove his innocence, it'd be you."

I had to will my jaw closed. This was unbelievable. "He said . . . *that*?"

"Are you surprised?"

Was I ever? "Duh," I said. "I mean, yeah. I mean, yes, ma'am, I am. You might not know this about us, but he and I have a history. We are not the best of friends. To tell the truth, since childhood, even though we live in the same neighborhood, we've *never* been friends. To be honest, Mrs. Abrego, he's a bit of a bully." I was sounding just like a stool pigeon right then.

"That he is. And more than just a bit of one. But he and I have been trying to work on that part of his life. In the last few weeks he's made some great strides, but when I got this email and put it together with the so-called 'B' signature, it was easy even for me to jump to conclusions," she said.

It didn't look good for Bucho, I thought.

"It may be easy to assume his guilt based on these obvious clues and his prior actions," said Mrs. A, "but I'm still a firm believer in our American justice system; he's innocent . . . "

" . . . until proven guilty," I finished this great truth for her.

Mrs. A nodded. "And so this is where you come in, Mickey. I was filled with indecision about what I should do about this, but now I think I've found an answer. Bucho has so much confidence in you to uncover the truth that I'm asking you for your assistance. I need you to find out who, if not Bucho, is to blame for the graffiti." She paused. "Can you help me?"

I was so busy rereading the email that I'd stopped listening to Mrs. A a few words ago.

"Mickey?" she said.

I pinched my chin in thought, looked up at her then, and said, "Hmm, interesting. Most interesting."

"What's interesting? Did you find something?"

"Oh, it's probably nothing, ma'am," I said. "Probably nothing. As for your request, I'm in. Mickey Rangel is on the case."

"Good, then," she said, leaning back in her chair. "I knew I could count on you. Whatever you need from me, please don't hesitate to ask."

FOUR

Though it had been nearly three hours since my meeting in Mrs. Abrego's office, I really hadn't had the time to scrutinize the facts of this case. And now it was lunchtime. Something else that seemed odd: there'd been no communication of any type from my so-called "Angel." Normally, this person would've already sent me some kind of note—a riddle folded up into an origami frog, a puzzle drawn onto a scrap piece of cardboard, a text message. This person obviously thought I couldn't get the job done on my own. So he or she sent me clues. Thing of it is, I had no idea who it was. Anyhow, I guess he or she was absent today, not paying attention, or stumped for once. Just as well, I knew I could easily solve this mystery on my own. I would solve it by myself and prove to this Angel and myself that I was the real deal, a true gum-shoe.

As usual, I sat with my brother, Ricky, who was zonked out. He'd stayed up late studying for exams and it was obvious it had caught up with him. The moment we sat at our regular table, he pushed his tray a few inches forward, planted his forehead on his bent arms and fell asleep. Well, at least I'd get the quiet time I needed to study the case.

I leaned in and whispered, more like mouthed the words, "Are you going to eat that, Ricky?" I waited a few short moments and when he didn't stir, I snagged Ricky's brownie. "Didn't think you would, so I'm sure you won't mind if I help myself?" I ate it in two bites. "Thanks, little brother. How about this?" I took his fruit cup this time. "You're so generous."

Just as I was swallowing the last of the peach cubes, someone shoved my chair from behind. I almost choked.

It was Bucho. No surprise there. I guessed all this "work" he and Mrs. A had been doing to improve his behavior didn't include nearly plugging up my airway with fruit. He set his tray on the table, to my right.

"I'm thinking you won't mind if I sit with you, and really, who cares if you do? I don't, so I'm going to sit wherever I like." He turned the chair backwards and straddled it like it was a horse.

I made a mental note to perhaps suggest to Mrs. A that they also "work" on Bucho's table manners.

I took a swallow of my milk. "Sure," I said. "Make yourself at home."

"Whatever," he said, then pointed over at Ricky with his thumb. "What's his problem?"

"You mean Ricky?"

Bucho snorted, looked around the table from chair to chair. "Is there somebody else sitting here with his head practically in his lunch tray right

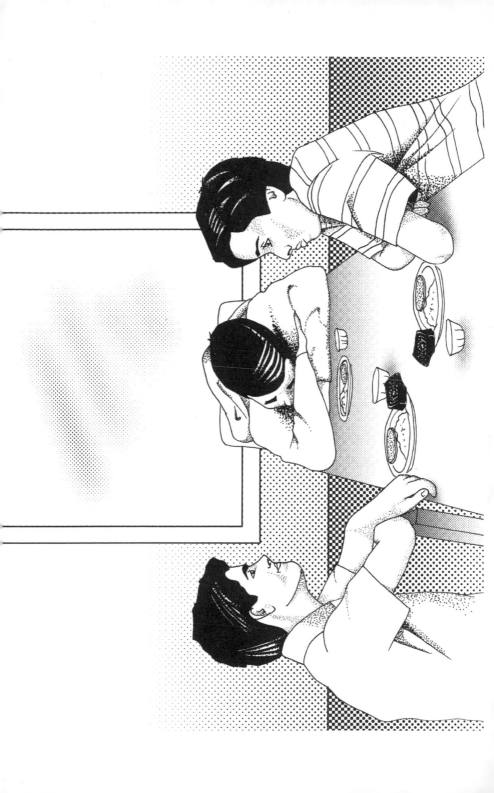

where I'm pointing? Of course, Ricky. Why is he out?"

"He had a long night," I told him. "He was studying for his history test today, and he worked on memorizing his poem for English, too."

"Which one?" Bucho asked and stuffed his whole brownie into his mouth.

"Which one what?"

Bucho shook his head and finally swallowed his brownie. "What's with you? You got rocks for brains? Don't let me regret asking Mrs. Abrego to bring you in on the case. You can't be that dense. I mean, what poem is your brother memorizing?" He rammed a forkful of mashed potato and roast beef down his gullet. Kind of gross if you ask me. But I wasn't going to say anything about it.

"Oh, that. Sure, it's 'Mending Wall' by Robert Frost." I took another drink of milk.

"Oh yeah, that's a good one."

Okay, I had to cough up some of the milk. I had my doubts that Bucho read, much less read poetry, much less the poetry of Robert Frost. Maybe some limericks, or some nonsense poems, but not the real stuff. Again, I kept these thoughts to myself and swallowed the milk I'd just regurgitated.

"What? You think I don't like poetry just because you and everybody else says I'm a bully? I'll tell you what: I do like poetry. But I'll tell you a second thing: if word gets out, you'll live to regret it." Bucho made a fist and thrust it just under my nose. "If you know what I mean."

I did, so I said, "Your secret's safe with me." I made like I locked my lips with a key and threw it away, then I zipped my lips shut on top of that.

"What are you, five years old? Anyway, I imagine Mrs. A told you the story. Somebody's trying to frame me for this rash of graffiti, and I bet you won't believe me, but I'm telling you nothing but the facts: it wasn't me, and for some reason, you're the only one I have faith in to uncover the truth."

I raised a finger to say something, but Bucho cut me off. "Yeah, I've heard you say it a million times: a guy who says over and over again he didn't do it most likely did. In my case, the fact I'm asking for your help should be proof I'm telling you the truth. It isn't me."

Even with Mrs. A's assurances it wasn't him, this *was* Bucho, who knew his way around trouble. He knew how to get into, and how to get out of it. "So, if not you, then who?" I asked, though I meant, *Likely story*.

"I don't know," Bucho answered. "You're the detective, figure it out."

"Normally, I'd ask, 'Who has it in for you?' But . . . "

"Yeah, that list is never-ending," he said.

I chuckled, he didn't. So I stopped.

He looked serious now. "Which is why you've just got to help me, Mickey," he said.

"I'm not making any promises, Bucho, but like I told Mrs. A, I'll do my best."

"Well, try better than your best. Or else . . . "

He stood, put a hand on my shoulder, leaned in with his stinky breath, and said, "You going to eat that?" He reached for my brownie that I was saving for the end and scarfed it down in one bite, dropping only a few crumbs on my papers. He walked away with the tray in his hand.

It's a good thing I'd already snagged Ricky's brownie because they weren't half bad.

I brushed off the crumbs, and that's when I thought of something.

"Hey, Bucho," I called after him. I was onto something. "Tell me . . . how do you spell 'principal'? As in, Mrs. Abrego, the school's big cheese?"

Bucho stared at me. "First, are you kidding me? Are you some kind of dumb? What other kind of principal is there but the kind who sits in her office looking for ways to send you to detention? You making fun of me? Because if you are . . . " He shook a fist in the general direction of my nose.

I shook my head no in response.

"Well, good—like I can't spell the word?"

"It's all part of the investigation. So spell it."

He looked scowling mad. "P-R-I-N-C-I-P-A-L," he spelled out, exaggerating the pronunciation of each letter. "As in, Mrs. Abrego is our PAL. Satisfied?"

I smiled. "Yup."

"How about spelling it's homonym?"

"Keep it up, genius. You won't trip me up on this. Like there are two kinds of *principals*? What a nitwit."

He turned again, and again I called out his name. He spun to face me. He walked toward me. I was in fear for my life, but I couldn't move.

"You're getting on my last nerve, Rangel. What do you want?"

"Well, back to who it might be who's 'framing' you." I hated when people used the air quotation marks to make a point, but for some unknown reason I used them on the word "framed."

"So, what are you waiting for?"

"The way I figure it, whoever's doing this to you has got to have it in for you big time. So who have you upset recently? Beyond the usual characters, I mean," I said.

He scrunched up his lips and thought. I think. After a few moments, he said, "Well, there is Fito. Last month he put the moves on Toots, my girl, you know? And I had to set him straight. Just because she and I were broken up at the time—he should've known better than to go after another guy's prize, right? You wouldn't do that, would you, Mickey?"

I gulped and shook my head. Toots Rodríguez was among the prettiest girls in the fifth grade, and like he said, they were an item. No one came anywhere near her. No one, that is, but Fito.

"But Fito and me are good now. We talked it out, and we shook hands after. So your gut instinct is wrong. It's not him. He's my friend. So look someplace else, and Toots and I are like butter and toast—made for each other." He told me more stuff, but I'd stopped listening because I was sidetracked thinking about her pretty eyes, her long curly hair and her feather-soft fingers from the one and only time she actually talked to me. It had to do with making up and buying her a trinket as a token of his love, and a special pen.

When I came back to myself, Bucho had walked away, this time for good.

I looked over at Ricky, who had drooled on the table. "Well, Ricky, I can't say for sure who the Mischievous Marker is, but I think I can prove Bucho is not guilty. Question is, what's the worst that can happen if I keep this information to myself?"

Walking with Ricky's and my trays to the tray return, I was conflicted. On the one hand, I had proof that would clear Bucho beyond reasonable doubt. On the other, he was not completely free from blame. You asked a hundred of my classmates who they thought was leaving all these ugly messages on our walls, one hundred of them would say, "Bucho, naturally." But a survey wasn't evidence, even though he did spend all his time harassing me and so many of my friends. It would be that easy to let him take the fall. After all, he deserved to pay some kind of price, and this could be the way.

I could just keep my mouth shut, tell Mrs. A I wasn't able to discover who'd marked up the school's walls. Withholding information isn't outright lying. Not really. I mean, I hadn't uncovered yet who the culprit was and no one but me would know I'd stopped actively looking. So I'd leave out the part about my concluding it wasn't Bucho. If she didn't bring it up, I'd say no more. Easy as pie. It would fall to Mrs. A to make the final decision. All the evidence clearly suggested it was Bucho who'd been marking up the school's walls. Her first suspicion was that Bucho had done it. She'd come to that same conclusion if I didn't prod her in another direction. So, if Mrs. A were to punish him, wrongly though it might be, didn't he really and truly deserve whatever he got coming to him? Best case scenario would be suspension. We wouldn't have to deal with him at school. Worst case? A week of in-school detention, which meant at least a week of him out of our hair. Win-win.

When I went back to the table, Ricky was already gone. And I had a lot to think about, including the fact that my so-called "Angel" hadn't yet stuck his or her nose in my investigation. Fine by me, as I was doing very well without the nosy "Angel's" interference. And though I wasn't speaking aloud, I used the air quotation marks again.

FIVE

In the end, my conscience won out. I'd not only tell Mrs. Abrego about why it couldn't possibly be Bucho doing all the graffiti, but I'd also expose the Mischievous Marker. Even if no one ever found out I'd not given this case 100%, I'd know, and I'd be a crummy sort of private detective. I'd never be able to look myself in the mirror. I think I was just suffering from wishful-thinkingitis after lunch.

And, it turns out, there was someone besides me who knew my innermost thoughts, that ever-meddlesome "Angel." How he or she knew I was having doubts about Bucho I don't know, but he or she did. Kind of spooky, if you ask me.

Anyway, I got an email right when I almost had it all solved, which is how the notes always worked out. I was on the verge of unraveling it all on my own, I tell you. I'd narrowed it down to just a dozen possibilities, give or take, and by tomorrow morning, was sure to have figured it all out.

Here's what I'd concluded so far: I excluded any kinder through fourth graders because they'd not studied homonyms nor idioms in their classes yet. We in the fifth grade had, and at that level there

were only three English Language Arts teachers. I
easily eliminated a huge chunk of these students for
the fact that they already bore the brunt of Bucho's
bullying, and fearing retaliation they would not
intentionally set themselves up for it. I counted
myself among this group. That left people who were
friends with him, like I'd mentioned to him at lunch,
or enemies with a grudge of their own.

I was sitting at the computer working out a
Sudoku puzzle to unclutter my mind, to get a better
and clearer grasp of all these people when my computer dinged. I had an email from "Your Angel." The
truth? I was actually relieved. I needed the distrac-
tion. I clicked the email open. What could it hurt?

Here's what the email said: "The handwriting on
the wall doesn't belong to our busy, buzzy, bully-B,
like one would think. For one, the mistakes take too
much of a cautious hand; the errors are too smart.
Second, as happens usually in such matters of mystery, ex marks the spot, or the wall, as the case might
be. This time find the culprit by looking at a former
PAL. And third, I'm certain you'll act on princiPLE."

The Angel was losing his or her edge: handwriting on the wall—too easy. And the alliteration (b, b,
B)—must be a poetry unit overdose. And "ex," as in
X versus P, or wrong spelling versus right spelling—
put that together with the bit about the "cautious
hand," and I know to look at the deliberate mistakes.
Although why not just "X" as opposed to "ex," the
prefix meaning "former." As in, ex-girlfriend? But
Bucho had told me they were back together after a
30-minute break-up. He'd bought her another charm

for her bracelet, a little bowling pin, he'd said. Too smart, the Angel emailed. Of course . . . too smart for Bucho. And, I should be looking at his inner circle for the culprit. In particular, one on the outs. Just as I had suspected.

* * *

First thing I did when we got back to Mrs. Garza's class was pull Bucho aside.

"Bucho?"

"Okay, okay, you got me. I looked it up. There's two kinds of *principals*, if you must know. The one ending in *-pal* and the other ending on *-ple*. Happy now?"

"Impressed, yes. But that's not what I need to talk to you about."

"So, what then?"

As we waited for the bell to ring, we hid ourselves away in a corner. I asked, "Tell me this: is there anyone else besides Fito you've had a falling out with recently?"

"Hard to say. It changes from day to day."

"I wouldn't doubt it," I told him.

He curled his lip at me and growled.

"Okay," I said. "Let's look at those who are—how can I say this?—uh, smart."

"Why didn't you say so? That list is short to begin with. I mean, can you imagine a guy like me hanging out with bookworms and nerds?"

Without thinking I said, "Nope." And immediately I winced and readied myself for the punch that never came.

In place of the curled lip-and-growl combo Bucho smiled, like it was a badge of honor, as if I had just complimented him. But I let it go.

"Anyway, the list?"

It was a short list, to be sure. In fact, the list consisted of just one name.

"What's this all about?" Bucho asked.

"Well," I said, but just then the bell rang and Mrs. Garza was at the front of the class taking roll. "We'll talk later," I said, and left Bucho in the dark.

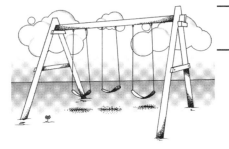

I strode down the sidewalk leading to the playground. The moment I'd solved the crime, I asked permission to visit Mrs. Abrego's office. She was taking a late lunch, a gyro wrap, chips, a side of coleslaw and a diet cola. With her mouth full she said, "Sit, Mickey, sit, please."

Which I did. And though I knew I wasn't there because I was in trouble, I still felt a bit uneasy. This was, after all, the principal's office, the hot seat.

"What have you found out?"

"Enough to call for a meeting, if you don't mind."

I explained to her that though I knew who the culprit was, I couldn't just then divulge the information. I needed to publicly confront said baddie, preferably in Mrs. A's presence. I needed to walk us all through the crime, step by step, like real detectives always did in TV shows.

I gave her the list of people who needed to be present.

After she studied it carefully, she said, "Well, that'll be easy to manage. It's me and Bucho on your list. But I thought . . . well, it is what it is if that's

what it is. I trust that you know what you're doing."
She sounded disappointed, and why shouldn't she
be? From the tiny bit of information I'd given her,
she could only deduce one thing: that she'd been
wrong about Bucho. And, want as I did, I couldn't
yet reveal anything more. Not until I revealed it all
on the playground in front of her and Bucho.

She began typing on her computer. When she
was done, she turned to me. "It looks like you and
Bucho are both in recess in about fifteen minutes. I'll
hurry with my lunch and meet you there. How does
that sound?"

"Perfect," I told her. I couldn't have planned it
any better, because we weren't the only ones on the
playground at the same time. So was the Mischievous Marker. In a quarter of an hour, I would
unmask the guilty party.

Now, it was fifteen minutes later. As soon as I
turned the corner heading to the black top, Mrs. A
said, "There you are, Mickey. I'm sure you didn't
mean to keep Bucho and me waiting. Here we are,
so can we get started?"

"Sure thing, Principal Abrego."

Before speaking, I scanned the scene. Standing
left to right in front of me were Mrs. A and Bucho,
but they were simply bystanders, as it were, serving
as props. Just beyond them several kids played dif-
ferent recess games, among them Fito, who was con-
spicuously keeping a careful eye on the develop-
ments from a safe distance.

"First of all, Mrs. A, you'll be happy to know you
were right. In the case of The Mischievous Marker,

someone other than Bucho is responsible for this graffiti, which means he is being framed."

The two breathed a collective sigh of relief.

"My first clue was the curious spelling in the graffiti. Only two days ago in English we were studying vocabulary. Homonyms to be exact. One set of words we were asked to learn included the 'principal/principle' set."

Bucho nodded. "That's right," he said. "Mrs. Garza even taught us the trick to remembering how to spell one of them: 'Mrs. Abrego, our principal, is our pal.' Like I told you at lunch, Mickey."

"Exactly, but at lunch you also said there was only one spelling for 'principal,' when in fact there are two. Even so, at lunch, when it counted for something, you had no idea about the other: P-R-I-N-C-I-P-L-E, meaning 'a high standard that guides one's actions, reactions, and decisions.' You were like a deer caught in the headlights, clueless. You must've been contemplating the insides of your eyelids when Mrs. Garza was going over that one, huh, Bucho? Though kudos to you for discovering this on your own after lunch."

"What did you just call me?"

"Nothing. I said 'kudos to you.' That means, . . . never mind. You can look it up yourself later now that you know how."

"Watch yourself," he threatened.

"No, watch yourself, Bernabe, I mean Bucho. Mickey's trying to help, so help yourself by keeping calm. And you, Mickey, go easy on the sarcasm."

We both said, "Yes, ma'am."

But I couldn't help myself: "Bernabe, really?" Too easy.

Bucho scowled and took an ominous step in my direction. I took a quick step backward.

"Okay, okay. Allow me to go on. If you didn't know how to spell both words, much less that a second variation existed, then you couldn't have put up this morning's graffiti." At this point, I passed the photo to Mrs. A, who shared it with Bucho. "You'll notice the spelling, and the use of the mnemonic device too. This indicates to me that our culprit is also studying vocabulary in Mrs. Garza's class. And he was also very awake during the whole lesson, unlike others."

Mrs. A cleared her throat.

"Yes, ma'am," I said. "Sorry, Berna . . . Bucho."

"Apology accepted, but not excepted. No pun intended," he said.

I must've looked dumbfounded because Bucho felt he had to explain further. "Accept/except—you know? Like hominies. Hello. Who's the deer now?"

I shook my head to clear it, and I noticed Mrs. A had to turn away to hide her smile.

When Mrs. A and I had regained our composure, Bucho said, "Well, spit it out: if it wasn't me, then who?"

I shared with them what the Angel had emailed me, though I would've come to those conclusions by myself. I also told them my interpretation of the note.

When I finished walking them through the evidence, I said, "Excuse me a moment." I walked over to where the kids were playing. "Hey, Fito, can you come with me, please?"

"What's up, Mickey?" he said as he walked in the direction of Mrs. A and Bucho. He was holding a basketball under his left arm but a look of preoccupation covered his face.

"We need some help on a spelling issue. I think you're just the person to clear it up for us."

"Cool," he said, smiling, never suspecting a thing.

"Mrs. A, you know Fito, don't you?"

"Mickey, of course I do. I know all my students."

"Of course you do, ma'am. Fito, like I said, we need some help with a language issue. Can you spell the word 'principal' for us, as in Mrs. Abrego, the school's administrator?"

"Are you kidding me?" He looked relieved now, like he was off the hook.

One thing I noticed was that he had yet to acknowledge Bucho's existence, a sign that he and Bucho were no longer BFFs.

"Humor him, Fito," said Mrs. A.

Fito puffed his chest out proudly. He spun the basketball on his index finger. "Sure thing, then: P-R-I-N-C-I-P-L-E, 'principle,' as in 'The last thing I want is to be sent to the principle's office.' Happy?"

"Quite," I said. Though not so smart. On that point, both the Angel and I had been wrong, but I wasn't telling. It wasn't all intentional word choice and spelling after all. He must have been sleeping the other half of the homonym lesson. Put the two lunkheads together and they might get a right answer on a quiz, but the dynamic duo they were not.

"Quite indeed," she said. "Mickey, thanks for your good work. Bucho, we'll see you after school for our usual meeting?"

"Thank you," I said.

"I'll be there with bells on," Bucho said, his words dripping with sarcasm.

"Tsk, tsk," Mrs. A said.

"I mean, yes, ma'am, I'll be there."

"Thank you," Mrs. A said, then turned to Fito, who looked very confused. "Young man, though it's the last thing you want to do, you will follow me to my office. We have some matters to discuss." Fito dropped the ball and his shoulders, and struggled alongside Mrs. A. He'd done the crime, now he'd do his time.

I'd solved another case, and though I was happy for that, I was happier that in the end, I'd done the right thing. I'd acted on principle, like the Angel wrote in his email.

I bent to grab the ball and that's when I noticed Mrs. A had put an arm around Fito's shoulders, which told me she was going to "work" with him in the same way as she was with Bucho. I fought the urge to use air quotation marks again. The third time in a day.

"Mickey, you did it. You proved my innocence." He was all smiles. "That'll teach you to judge me like a book, which I ain't."

"I also proved you won't ever win a spelling bee."

Bucho looked to make sure Mrs. A was out of sight before taking a menacing step toward me. "Why, I oughta . . . "

I cringed for no reason. Bucho didn't follow up his wrinkled face with a punch.

He laughed.

I said, "When you told me who of your closest friends was smart, you said Fito. Just Fito. You were partly correct."

Bucho looked perplexed.

"Fito is smarter, but not really smart."

Bucho smiled big. "Didn't I tell you?" He turned on his heels and walked to the closest game of four-square.

I shook my head and chuckled. Bucho was a piece of work. A very dull piece of work.

para Mark Tristán, un luchador
también para Tina, Lukas, Mikah, Jakob y Kalyn

La edición de *El misterio del malvado marcador* ha sido subvencionada por City of Houston por medio del Houston Arts Alliance.

¡Piñata Books están llenos de sorpresas!

Piñata Books
An imprint of
Arte Público Press
University of Houston
4902 Gulf Fwy, Bldg 19, Rm 100
Houston, Texas 77204-2004

Diseño de la portada de Mora Des!gn
Ilustración de la portada de Giovanni Mora
Ilustraciones de Mora Des!gn

Saldaña, Jr., René.
   The mystery of the mischievous marker / by René Saldaña, Jr. ; Spanish translation by Carolina Villarroel = El misterio del malvado marcador / por René Saldaña, Jr. ; traducción al español de Carolina Villarroel.
      p.   cm.
   Summary: School principal Mrs. Abrego and nemesis Bucho both ask detective Mickey Rangel to help unmask the vandal who has been writing messages all over the school walls.
   ISBN 978-1-55885-776-6 (alk. paper)
   [1. Vandalism—Fiction. 2. Graffiti—Fiction. 3. Schools—Fiction. 4. Mystery and detective stories. 5. Spanish language materials—Bilingual.] I. Villarroel, Carolina, 1971– translator. II. Title. III. Title: Misterio del malvado marcador.
PZ73.S2753 2013
[Fic]—dc23
                                                        2013029125
                                                              CIP

♾ El papel utilizado en esta publicación cumple con los requisitos del American National Standard for Information Sciences—Permanence of Paper for Printed Library Materials, ANSI Z39.48-1984.

El misterio del malvado marcador © 2013 by Arte Público Press

Impreso en los Estados Unidos de América
August 2013–September 2103
United Graphics, Inc., Mattoon, IL
12 11 10 9 8 7 6 5 4 3 2 1

EL MISTERIO DEL MALVADO MARCADOR

COLECCIÓN MICKEY RANGEL, DETECTIVE PRIVADO

POR RENÉ SALDAÑA, JR.

TRADUCCIÓN AL ESPAÑOL DE CAROLINA VILLARROEL

PIÑATA BOOKS
ARTE PÚBLICO PRESS
HOUSTON, TEXAS

UNO

Esta mañana, me encontraba en la silla del acusado; exacto, en la oficina de la directora de la escuela. No me importa decirlo, funcionaba de la manera en que se suponía debía hacerlo. Estaba sudando a chorros. Un chico de quinto grado nunca va a ser llamado a la oficina de la señora Abrego sólo porque sí. Los chicos son llamados a la oficina sólo por dos razones: o están vendiendo chocolates para recaudar dinero para el concejo de estudiantes (es de conocimiento público que a la señora A le encantan los chocolates con almendras), o han hecho algo que no debían y fueron descubiertos.

Yo no era parte del Consejo Estudiantil, por lo tanto, no estaba allí para satisfacer sus antojos de barras de chocolate. Pero no podía imaginarme por qué estaba yo sentado en esta silla de cuero tan incómoda. No había hecho nada que ameritara que me sacaran del salón de clases en el preciso momento en que entraba al salón. Trataba de mantener la calma, de estar tranquilo. La primera regla de la técnica de interrogación que aprendí en mi curso de Investigador Privado es: "Mantenerlos en la incertidumbre: no muy frío, no muy exaltado, pero justo al medio".

Y ¡ay, esa mirada! Ahora mi pierna derecha también me estaba traicionando. Temblaba visiblemente.

—Un poco —dije—. Para ser honesto, le he estado dando vueltas en mi cabeza pensando qué puedo haber hecho, en qué lío me puedo haber metido para ameritar ser llamado a su oficina, Señora Directora. . . . Aunque está el incidente con las bolitas de papel con saliva esta mañana en el bus, eso paso recién y prácticamente sólo entre Ricky y yo, así es que no podría haber llegado a sus oídos tan rápido e incluso si así hubiera sido, debo argumentar que mis acciones no fueron tan malas como para, que . . . —Me detuve en la mitad de la oración cuando la vi tomar una pluma y empezar a tomar notas—. Lo que quise decir, Señora, es, no, no me puedo imaginar por qué y punto. Quiero decir, sí, Señora, me he estado preguntando por qué me ha llamado aquí.

Esbozó una sonrisa, aunque la situación no ameritaba una. Podía ser sólo esa mirada que comparten todos los directores —la severa sonrisa de superioridad usada para confundir a los estudiantes. Dejó la pluma en el escritorio y se recostó en su silla. Rechinó como lo había hecho la puerta. Independiente de lo que sucediera, tendría que recomendar ponerles un poco de aceite. A menos, por supuesto, que fuera parte de su pose de directora, una forma de descolocar a los estudiantes con el molesto chirrido. Era una pilla esta señora A.

—Bien —dijo—, olvidemos el, ah, episodio de las bolitas de papel con saliva, al menos por ahora. —Otra vez con la sonrisita de superioridad.

—Ahora, acerca de por qué lo llamé a mi oficina, Señor Rangel —continuó—, ¿Puedo llamarte Mickey?

—Por supuesto, Señora. —Dije quizás demasiado ansioso, pero necesitaba ponerla de mi lado, especialmente porque no conocía mi "crimen".

Ella miró brevemente hacia los papeles y luego hacia a mí con una mirada suave y triste esta vez. —Mickey, de seguro has visto los grafitis que están estropeando nuestras paredes últimamente. Por supuesto, intentamos que las limpien antes de que ninguno de ustedes tenga la oportunidad de ver esa fealdad, pero no se puede eliminar el marcador completamente. De cualquier manera, el contenido de los mensajes apunta principalmente a mí, es bastante inofensivo. Después de todo soy una directora, así es que he desarrollado piel dura a través de los años —palos y pedradas, ¿sabes? Sin embargo, lo que es más preocupante e increíble, es que alguien le tenga tan poco cariño a nuestra escuela como para faltarle el respeto de esa manera. No sólo a mí, pero a todos nosotros. Estoy orgullosa de nuestra escuela, Mickey. Me siento afortunada de ser la directora. Por eso es descorazonante cuando pasa algo como esto. —Movió la cabeza, y por primera vez desde que me mirara bajó los ojos.

De un momento a otro comprendí por qué estaba allí. Me comencé a parar. —Señora Abrego, usted no piensa que yo . . . usted no puede creer . . . ¿yo?

Ella alzó rápidamente la cabeza, se inclinó hacia adelante, puso una mano en su corazón y movió la otra. —No, claro que no, Mickey. Siento no haber sido más clara. Por favor, siéntate, siéntate.

Así lo hice.

Ella se recostó en la silla también. —No, no creo ni por un segundo que tú tengas algo que ver con esta fealdad.

Cuando mi acelerada cabeza comenzó a desacelerarse y pude procesar lo que la señora A había dicho, suspiré de alivio. Después de un segundo, pregunté, —Entonces, ¿por qué estoy aquí?, si no le molesta que pregunte.

—Tú eres algo así como un detective, aunque un poco joven, ¿correcto?

—De hecho, Señora Abrego —dije—, Soy un auténtico detective. He tomado muchas clases en el Internet. Tomé y pasé cada una de las pruebas y me enviaron un certificado que tengo en casa, enmarcado si lo quiere ver. —Saqué la cartera de mi bolsillo trasero, tomé mi tarjeta de investigador privado y me estiré a través del escritorio tan lejos como mi brazo de quinto grado podía alcanzar para mostrársela—. También tengo una insignia. ¿La quiere ver?

Ella la recibió, la observó brevemente, la dio vuelta y me la devolvió inmediatamente. —Muy impresionante, Mickey.

—Gracias, señora. Pero, aun no entiendo qué hago aquí.

—Mickey —dijo—, seré franca contigo.

Estuve tentado de decir: "Y yo seré Franco o Shirley con usted", pero luego pensé que este no era un buen momento para una broma. Así es que cerré la boca por el momento.

Ella continuó: —Estoy en una situación algo incómoda.

Tomó la ruma de papeles, se paró y caminó hacia la ventana que daba al patio de la escuela, asfalto cubierto de rayuelas, canchas de cuatro cuadrados, un par de aros de básquetbol y eso era todo. También es donde jugábamos a los quemados durante la clase de gimnasia.

Fue su turno de suspirar. Después de parecer muy concentrada en sus pensamientos, me invitó a la ventana.

Me paré y caminé alrededor del escritorio en dirección a la ventana. Me coloqué detrás de ella, mirando a las clases de pre-kínder corriendo alrededor en círculos con cintas multicolores en sus manos regordetas.

Entonces la señora A dijo —Mira bien por esta ventana, Mickey, y dime que ves.

—No entiendo lo que quiere decir, Señora Abrego.

—Por ejemplo —dijo—, ¿ves al señor Button ahí afuera limpiando la pared?

Asentí. Su carrito de limpieza naranjo brillante estaba a su lado. Sería imposible no verlo.

—Si te fijas, verás que está tratando de borrar el último mensaje, pero sin éxito. Por lo que veo, tendremos que pintar sobre ese. Aún puedes leerlo, ¿verdad?

Lo leí en voz alta: "¡Nuestra directora no es muy savia ni amiga de nadies!"

Era una interesante elección de escritura y puntuación la que había hecho este Malvado Marcador. No me había tomado ni un minuto darle un sobrenombre a este malandrín y en ese momento supe por

qué estaba ahí. La señora A necesitaba de mi ayuda para encontrar al culpable para poder limpiar la escuela, como quién dice.

—Me imagino que habrás notado los errores de gramática y puntuación. Debería decir *sabia* y no *savia*. Una gran diferencia, como tú bien sabrás si has estado poniendo atención en la clase de español de la señora Garza.

Claro que sí, y agregué —Ese es el error más obvio, Señora Directora. Pero también está ese "nadies", que está deletreado como si fuera plural, terminando en *–ies*, aunque para el ojo entrenado, como lo es el mío, la palabra está hecha para parecer como una forma plural de la palabra, aunque debiera ser singular. Los errores abundan.

Disfrutaba analizando todos los errores del mensaje. Estaba ansioso porque ella me pidiera que me uniera, si no derechamente liderara, su equipo investigativo. Sentí que había más que probado mi fortaleza en este corto tiempo.

—¡Tantas pistas! —dije—. Ah, ¿es esa una "B" en la esquina derecha?, ¿casi como una firma?

—¿Captaste también eso? Muy impresionante, Mickey.

—Gracias, Señora Directora. —Me alegraba que *ella* lo hubiera notado.

—Bueno, también recibí este correo electrónico anónimo esta mañana justo cuando prendía mi computadora. El autor dice ser un testigo de este delito. ¿Qué piensas? —Me pasó la hoja de papel.

La revisé rápidamente. —Ajá —dije—, incriminadora, por decir lo menos. Entonces la letra "B" en la

muralla tendría sentido. —No podía creer que ella ya no hubiera resuelto este crimen por sí misma. Después de todo, ella era la directora, con al menos dos carreras universitarias y no había visto la respuesta que estaba justo bajo sus narices. Con razón necesitaba de mi ayuda.

—Basado en la abundancia de pistas, todos los indicios apuntan a no otro que a Bucho.

—Sí, yo pensaba exactamente lo mismo, pero no es tan simple —dijo, e hizo una pausa.

Contuve el aliento esperando a lo que venía después, y luego ella dijo: —Sentémonos otra vez.

¡Ay! ¡La pausa dramática!

TRES

Sentada frente a mí otra vez, la señora A dijo,
—Verás, Mickey, ya hablé con Bucho. Se fue unos
minutos antes de que tú llegaras. Lo confronté con
esta supuesta evidencia y él niega tener algo que ver
con los grafitis en las paredes. Lo creas o no, a pesar
de su tosca actitud, estaba casi a punto de llorar.

¡Bucho, mi eterno archienemigo, llorando! No lo
podía creer, ni por un segundo. Y si así fuera y
hubiera estado derramando lágrimas, yo sabía que
algo se traería entre manos. Lo había visto antes: un
peleonero llorándole a un profesor para evitar ser
castigado muy severamente por ser un tirano, o un
chico berreando por cualquier cosa para librarse de
tomar una prueba. Lo había visto y oído todo esto
antes, y cada vez era para ganar la última mano. No
tenía la menor duda de que Bucho estaba usando el
mismo recurso con la señora A y me sentí mal por
ella porque se supone que era lo suficientemente
inteligente como para permitir que tomaran ventaja
de ella. *Debe tener corazón de abuelita a pesar de
todo*, pensé.

—Señora, —le dije—, No creo que deba estar
diciéndome esto. ¿No existe algo como un código de

confidencialidad entre estudiante y director, como lo hay entre un doctor y su paciente, o un hombre de sotana y el pecador?

—Generalmente, sí, pero él me dio permiso para discutir esto contigo, hasta el último detalle.

—Espere un momento. ¿Me quiere decir que él le dio autorización para hablar conmigo de esto? ¿Por qué haría una cosa semejante?

Ella se encogió de hombros, como si tampoco pudiera creerlo. —Mickey, Bucho fue tan ferviente en su defensa que él mismo recomendó que te incluyera en el caso. Fue él mismo, de hecho, quien me dijo que eras un detective y uno muy bueno. Dijo que si alguien podía probar su inocencia eras tú.

Tuve que obligar a mi boca a que se mantuviera cerrada. Esto era increíble. —¿Él dijo . . . *eso*?

—¿Te sorprende?

Era que no. —Dah —dije—. Digo, claro. Quiero decir, sí, Señora, estoy sorprendido. Quizás usted no sabe esto, pero él y yo tenemos historia. No somos los mejores amigos. Para decirle la verdad, desde que éramos niños, a pesar de que vivimos en el mismo barrio, no hemos sido *nunca* amigos. Para ser honesto, Señora Abrego, él es un poco peleador. —Estaba actuando como un soplón en ese momento.

—Sí, lo es. Y mucho más que un poco. Pero él y yo hemos estado trabajando en esa parte de su vida. En las últimas semanas ha hecho grandes avances, pero cuando recibí este mensaje y uní todo con esa supuesta firma "B", fue fácil, incluso para mí, saltar a conclusiones —dijo.

El panorama no se veía bien para Bucho, pensé.

—Parece fácil asumir su culpabilidad basado en estas obvias pistas y sus pasadas acciones —dijo la señora A— pero aún soy una ferviente creyente en nuestro sistema judicial americano; él es inocente . . .

— . . . hasta que se pruebe culpable —terminé esa gran verdad por ella.

La señora A asintió. —Y aquí es donde entras tú, Mickey. Estaba muy indecisa acerca de qué hacer sobre esto, pero ahora creo he encontrado una respuesta. Bucho tiene tanta confianza en que tú descubrirás la verdad que por eso te estoy pidiendo ayuda. Necesito que descubras quién, si no es Bucho, es el culpable del grafiti. —Se detuvo un segundo—. ¿Me puedes ayudar?

Estaba tan ocupado releyendo el correo electrónico que había dejado de escuchar a la señora A por un par de segundos.

—¿Mickey? —dijo ella.

Me tomé la barbilla pensando, la miré y dije —Mmm, interesante. Muy interesante.

—¿Qué es interesante? ¿Encontraste algo?

—Oh, probablemente no es nada, Señora Directora —dije—. Probablemente no es nada. Y con respecto a su petición, cuente conmigo. Mickey Rangel está en el caso.

—Muy bien —dijo, recostándose en su silla—. Sabía que podía contar contigo. No dudes en pedirme cualquier cosa que necesites.

CUATRO

Aunque ya habían pasado casi tres horas desde mi reunión en la oficina de la señora Abrego, no había tenido tiempo de estudiar la información de este caso. Y ahora era la hora del almuerzo. Algo más que parecía muy raro: no había habido ningún tipo de comunicación de mí supuesto Ángel. Normalmente, esta persona ya habría mandado una nota —alguna adivinanza doblada como un rana de origami, un acertijo en un trozo de cartón, un mensaje de texto. Esta persona obviamente pensaba que yo podría resolver el caso por mi cuenta. Por eso no me había mandado pistas. El chiste es que yo no tenía idea quién era esta persona. En todo caso, era mejor que estuviera ausente hoy, que no pusiera atención o tal vez finalmente estaba confundido/a. Mejor, sabía que podía resolver este misterio fácilmente solo. Lo resolveré sin ayuda y le probaré a este Ángel y a mí mismo que soy el mejor, un verdadero ojo privado.

Como siempre, me senté con mi hermano, Ricky, que estaba cansadísimo. Se había quedado estudiando hasta tarde para sus exámenes y era obvio que le había pasado la cuenta. Tan pronto como nos senta-

mos en nuestra mesa habitual, empujó su bandeja unas pulgadas, apoyó la frente sobre sus brazos cruzados y se quedó dormido. Bueno, al menos tendría la tranquilidad que necesitaba para estudiar el caso.

Me incliné y susurré, más bien sólo modulé las palabras, —¿Te vas a comer eso, Ricky? —Esperé unos segundos y como no se movió, agarré su bizcocho de chocolate—. Eso pensé, así es que de seguro no te importará, con permiso. —Me lo comí de dos mascadas—. Gracias, hermanito. ¿Qué tal esto? —Esta vez tomé su postre de frutas—. Eres tan generoso.

Cuando estaba tragando el último de los cuadraditos de durazno, alguien empujó mi silla por detrás. Casi me atoré.

Era Bucho. No me sorprendió. Aparentemente todo ese "trabajo" que él y la señora A han estado haciendo para mejorar su conducta no incluía casi obstruir mi conducto respiratorio con fruta. Puso la bandeja sobre la mesa a mi derecha.

—No creo que te moleste si me siento contigo. Y de todas formas, ¿a quién le importa si te molesta? A mí no, así es que me voy a sentar donde me dé la gana. —Dio vuelta la silla al revés y se montó en ella como si fuera un caballo.

Hice una nota mental de quizás sugerirle a la señora A que también "trabajaran" en los modales de Bucho.

Tomé un trago de mi leche. —Claro —dije—. Siéntete como en casa.

—Como sea —dijo, luego apuntó a Ricky con su dedo pulgar—. ¿Qué le pasa?

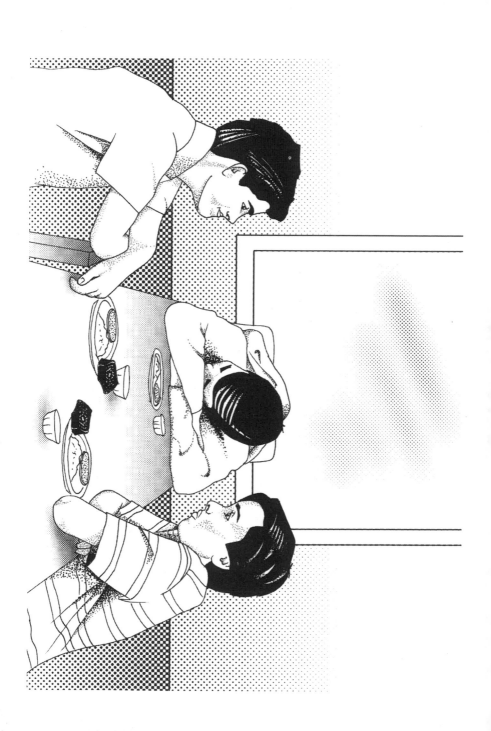

—¿Te refieres a Ricky?

Bucho gruñó, miró alrededor de la mesa a cada una de las sillas. —¿Hay alguien más sentado aquí con su cabeza prácticamente enterrada en su almuerzo justo donde estoy apuntando? Por supuesto, Ricky. ¿Por qué está dormido?

—Tuvo una larga noche —le dije—. Estuvo estudiando para su prueba de historia y también trabajó duro para memorizar su poema para la clase de inglés.

—¿Cuál? —preguntó Bucho y se metió todo el bizcocho de chocolate a la boca.

—¿Cuál qué?

Bucho sacudió la cabeza y por fin tragó su bizcocho de chocolate. —¿Qué te pasa? ¿Tienes piedras en la cabeza? No me hagas arrepentirme de pedirle a la señora Abrego que te incluyera en el caso. No puedes ser tan burro. Lo que quise decir es, ¿qué poema se está memorizando tu hermano? —Atiborró su garganta con un tenedor lleno de puré de papas y carne guisada. Un poco repugnante para mi gusto. Pero no iba ni a mencionarlo.

—Oh, eso. Claro, es "Mending Wall" de Robert Frost. —Tomé otro trago de leche.

—Oh sí, ése es muy bueno.

Me atoré un poco con la leche. Tenía serias dudas de que Bucho leyera, mucho menos que leyera poesía y menos aún poesía de Robert Frost. Quizás algunos epigramas, o algunos poemas sin sentido, pero no poemas serios. Otra vez, mejor me guardé mis pensamientos para mí mismo y tragué la leche que había devuelto en mi boca.

—¿Qué? ¿Crees que no me gusta la poesía sólo porque tú y todos los demás dicen que soy un peleador? Quiero que sepas algo: Sí, me gusta la poesía. Y otra cosa: si esto se llega a saber, no vivirás para contarlo. —Bucho empuñó la mano y la clavó bajo mi nariz—. ¿Entendido?

Sí, lo sabía —Tu secreto está a salvo conmigo. —Hice como que cerraba mis labios con una llave y la arrojaba lejos. Y luego también cerré mis labios como con un cierre.

—¿Qué te pasa? ¿Qué ahora tienes cinco años? Bueno, me imagino que la señora A ya te contó la historia. Alguien está tratando de incriminarme por esta ola de grafitis y te apuesto a que no me crees, pero te estoy diciendo la verdad: Yo no fui. Y por alguna razón, eres el único en quien confío para que descubra la verdad.

Levanté un dedo para decir algo, pero Bucho me interrumpió. —Sí, te he escuchado decirlo un millón de veces: el que dice muchas veces que no lo hizo es porque probablemente sí lo hizo. En mi caso, el hecho de que te esté pidiendo ayuda debería ser prueba de que te estoy diciendo la verdad. Yo no fui.

Incluso con las garantías de la señora A de que no era él, la situación tenía la marca de Bucho, quien sabía muy bien cómo evitar consecuencias. Él sabía cómo meterse en problemas y cómo evadirlos. —Entonces, si no fuiste tú, ¿quién? —Pregunté, aunque lo que quise decir era, sí como no.

—No lo sé —contestó Bucho—. Tú eres el detective, investígalo.

—Normalmente, preguntaría, "¿Quiénes son tus enemigos?" Pero . . .

—Sí, esa lista es larguísima —dijo.

Me reí, él no. Así es que dejé de reírme.

Se puso serio. —Y es por eso que tienes que ayudarme, Mickey —dijo.

—No te prometo nada, Bucho, pero como le dije a la señora A, haré lo mejor que pueda.

—Bueno, más te vale que hagas lo mejor posible. O si no . . .

Se paró, puso una mano en mi hombro, se me acercó con su hediondo aliento y dijo —¿Te vas a comer eso? —Alcanzó mi bizcocho de chocolate que estaba guardando para el final y lo devoró de una sola mascada, dejando caer sólo unas pocas migas sobre mis papeles. Se alejó con la bandeja en las manos.

Menos mal yo ya había agarrado el bizcocho de chocolate de Ricky porque de verdad estaban muy buenos.

Limpié las migas y ahí fue cuando se me ocurrió algo.

—Oye, Bucho —grité. Tenía una pista—. Dime . . . ¿cómo escribes "sabia"? ¿Cómo en "Señora Abrego, la más sabia de la escuela"?

Bucho me miró. —Primero que todo, ¿me estás tomando el pelo? ¿Eres tonto? ¿Qué otro tipo de sabia como la directora hay sino la que se sienta en su oficina buscando la forma de enviarte a la sala de castigo? ¿Te estás riendo de mí? Porque si es así . . .

—Empuñó la mano en mi dirección.

Negué con la cabeza.

—Bueno, bien, claro que puedo deletrear esa palabra.

—Es parte de la investigación. Así es que, deletréala.

Estaba enojadísimo. —S-A-B-I-A —deletreó, exagerando la pronunciación de cada letra—. Como en, "Señora Abrego, nuestra directora, es sabia". ¿Satisfecho?

Sonreí. —Sip.

—¿Qué tal si deletreas su homónimo?

—Y sigues con la misma, genio. No me vas a hacer caer con esto. Como si hubiera dos tipos de *sabias*. Pero qué bobo.

Se dio vuelta otra vez, y otra vez lo llamé. Se giró completamente para encararme. Caminó hacia mí, pero yo no podía ni moverme.

—Estás colmando mi paciencia, Rangel, ¿qué quieres?

—Bueno, volviendo al tema de quién te está "incriminado". —Odio cuando la gente pone comillas en el aire para enfatizar algo, pero por alguna razón, yo las había usado con la palabra "incriminar".

—¿Y qué esperas?

—Por lo que veo, la persona que te está haciendo esto te tiene una mala . . . ¿A quién has hecho enojar últimamente? Aparte de las personas de siempre, digo —pregunté.

Apretó los labios y pensó. Creo que pensó. Después de un momento, dijo —Bueno, a Fito. El mes pasado le coqueteó a Toots, mi chica, ¿sabes? Y tuve que aclararle algunas cosas. Sólo porque habíamos rompido en esos días se quiso aprovechar y robarme

el premio, ¿entiendes? Tú no le harías eso a alguien, ¿verdad, Mickey?

Tragué y moví la cabeza a los lados. Toots Rodríguez era una de las niñas más lindas de quinto año, y como decía él, ellos eran "pareja". Nadie se acercaba a ella. Nadie, claro, excepto Fito.

—Pero ahora yo y Fito somos buenos amigos. Lo hablamos y nos dimos la mano después. Así es que tu primer instinto está mal. No es él. Es amigo mío. Así es busca por otro lado. Y Toots y yo somos como la mantequilla y el pan tostado, estamos hechos el uno para el otro. —Me dijo más, pero había dejado de escucharlo porque me distraje pensando en la única vez que Toots habló conmigo y en sus lindos ojos, su largo cabello rizado y sus delicados dedos. Tenía algo que ver su reconciliación y el comprar un dije como muestra de su amor. Ésas fueron sus palabras.

Cuando volví a mí, Bucho se había alejado, esta vez definitivamente.

Miré en dirección a Ricky, que había babeado sobre la mesa. —Bueno, Ricky, aún no sé quién es el Malvado Marcador, pero creo que puedo probar que Bucho no es culpable. La pregunta es, ¿qué es lo peor que puede pasar si me guardo esta información?

Mientras caminaba con las bandejas de Ricky y mía para devolverlas, me sentía en conflicto. Por un lado, tenía pruebas que podían exonerar a Bucho más allá de cualquier duda. Por otra parte, no estaba totalmente libre de culpabilidad. Si le preguntaras a cien de mis compañeros quién creían ellos que estaba dejando esos feos mensajes en nuestras paredes, los cien dirían, "Bucho, por supuesto". Pero,

una encuesta no era evidencia, aunque pasara todo
su tiempo atormentándome a mí y a muchos de mis
amigos. Sería tan fácil inculparlo. Después de todo,
merecía pagar algo. Y esta podría ser la manera.

Podría simplemente mantener la boca cerrada,
decirle a la señora A que no había podido descubrir
quién había rayado las murallas de la escuela. El ocultar información no es necesariamente mentir. Quiero
decir, no había descubierto aún quién era el culpable
y nadie excepto yo sabría que había dejado de inves-
tigar activamente. Así es que dejaré fuera la parte
donde concluyo que no fue Bucho. Si ella no lo men-
ciona, yo no diré nada. Sería así de simple. Y le toca-
ría a la señora A tomar la última decisión. Toda la evidencia sugería claramente que era Bucho quien había
estado rayando las murallas en la escuela. Su primera
sospecha fue que Bucho lo había hecho. Ella también
había llegado a la misma conclusión si yo no le hubiera sugerido otras alternativas. Así es que, si la señora
A tuviera que castigarlo, aunque fuera erróneamente,
¿no merecía Bucho cualquier castigo que le cayera
encima? Lo mejor sería la suspensión. No tendríamos
que lidiar con él en la escuela. ¿En el peor de los
casos? Una semana en detención, lo que significaba al
menos una semana sin él respirándonos en la nuca.

Cuando volví a la mesa, Ricky ya no estaba. Tenía
mucho en qué pensar, incluyendo el hecho de que
mi llamado "Ángel" aún no había metido las narices
en esta investigación. Mejor, yo lo estaba haciendo
bastante bien sin la intromisión del metiche de
"Ángel". Y aunque no estaba hablando en voz alta,
volví a usar las comillas.

Al final, ganó mi conciencia. No sólo le diría a la señora Abrego por qué era imposible que fuera Bucho el que hacia todo el grafiti, sino que también pondré en evidencia al Malvado Marcador. Pues aunque nadie nunca se enterara de que no había dado el 100% en este caso, yo lo sabría, y sería una detective privado mediocre. No me podría mirar al espejo. Sólo me había estado haciendo ilusioncillas después del almuerzo.

Y, resulta que había alguien más a parte de mí mismo que sabía mis más profundos pensamientos, ese siempre entrometido "Ángel". Cómo supo que estaba teniendo dudas sobre Bucho no lo sé, pero lo sabía. Un poco escalofriante, ¿no?

Bueno, recibí un e-mail justo cuando lo tenía casi todo resuelto. Así funcionaban siempre estas notitas. Te digo, estaba a punto de desenredar todo por mí mismo. Había reducido todo a sólo una docena de posibilidades, más o menos, y para mañana por la mañana, tendría todo resuelto.

Esto es lo que había concluido hasta ahora: Había excluido a todos los de kínder hasta cuarto grado porque ellos no habían estudiado homónimos ni modismos en sus clases aún. Nosotros en el quinto grado sí lo habíamos hecho, y en ese nivel había sólo tres profesores de lengua española. Eliminé fácilmente un buen grupo de estos estudiantes porque

ya habían sufrido el embate de la maldad de Bucho, y no se pondrían en una situación como esta por temor a una venganza. Me conté a mí mismo dentro de este grupo. Eso dejaba a la gente que era amiga de él, o enemigos con un resentimiento propio.

Estaba sentado frente al computador resolviendo un juego de Sudoku para aclarar mi mente, para tener una visión más clara de toda esta gente cuando mi computadora sonó. Tenía un mensaje de "Tu Ángel". ¿La verdad? Me dio alivio. Necesitaba la distracción. Hice clic para abrir el mensaje. Esto es lo que decía: "La escritura manuscrita en la muralla no pertenece a nuestro maloso y malvado, peleonero-B, como podría pensarse. Por un lado, los errores son muy bien pensados, los errores son muy inteligentes. En segundo lugar, como suele suceder en estos casos de misterio, el ex marca el lugar, o la muralla, en este caso. Esta vez busca al culpable observando a un ex amigo. Y tercero, me alegra que hayas actuado saBiamente".

El Ángel estaba perdiendo su agudeza: escritura manuscrita en la muralla, demasiado fácil. Y la aliteración (m, m) debe ser una sobredosis de poesía. Y "ex", como en X versus P, o deletreo correcto versus deletreo incorrecto, todo junto con eso de la "mano cautelosa", y ya sé que debo mirar a los errores como deliberados. Aunque por qué no puso "x" en vez de "ex", el prefijio de "anterior". Como, ¿ex-novia? Pero Bucho me había dicho que ya habían vuelo después de haber roto por 30 minutos. Le había comprado otro dije para su pulsera, un pino boliche pequeñito, dijo. Demasiado inteligente, había escrito el Ángel. Por supuesto . . . demasiado inteligente para Bucho. Y, debería estar mirando en su círculo cercano por el culpable. En particular, uno de los excluidos.

* * *

Lo primero que hice cuando volvimos a la clase de la señora Garza fue llamar a un lado a Bucho.

—¿Bucho?

—Ya sé, ya sé. Lo investigué. Hay dos clases de *sabias*, por si quieres saber. Una con "B" y la otra con "v". ¿Ya estás satisfecho?

—Impresionado, sí. Pero no es de eso de lo que quiero hablar contigo.

—Entonces, ¿de qué?

Mientras esperábamos a que sonara la campana, nos arrinconamos en una esquina. Pregunté —Dime: de todos tus amigos, ¿con quién tuviste algún problema recientemente, aparte de Fito?

—Difícil. Eso cambia todos los días.

—No lo dudo —le dije.

Levantó su labio superior y gruñó.

—Bien —dije—. Veamos a esos que son, ¿cómo diré? mmm, inteligentes.

—¿Por qué no lo dijiste antes? Esa lista es cortísima. Digo, ¿puedes imaginar a alguien como yo juntándose con ratones de biblioteca y estudiosos?

Sin pensarlo dije —No. —Inmediatamente hice mueca de dolor y me preparé para recibir un puñetazo.

Pero en vez de torcer el labio y gruñir, Bucho sonrió, como si fuera una medalla de honor, como si le hubiera dado un cumplido. Pero lo dejé pasar.

—No importa, ¿la lista?

Era una lista muy corta, por cierto. De hecho, la lista consistía de un sólo nombre.

—¿De qué se trata todo esto? —preguntó Bucho.

—Bueno —dije, pero justo sonó la campana y la señora Garza ya estaba frente a la clase pasando lista—. Hablamos después —dije y dejé a Bucho en ascuas.

Caminé a trancadas por la acera que daba al patio del recreo. En cuanto resolví el crimen, pedí permiso para ir a la oficina de la señora Abrego. Estaba almorzando tarde, un gyro, papitas, una porción de ensalada de col y una cola de dieta. Con la boca llena dijo —Siéntate, Mickey, siéntate, por favor.

Lo hice. Y aunque sabía que no estaba allí porque me hubiera metido en problemas, aún me sentí un poco nervioso. Esta era, después de todo, la oficina de la directora, la silla caliente.

—¿Qué has descubierto?

—Lo suficiente como para llamar a una reunión, si no le importa.

Le expliqué que aunque sabía quién era el culpable, no podía divulgar la información aún. Necesitaba confrontar a ese malandrín públicamente, preferiblemente en presencia de la señora A. Teníamos que repasar el crimen, paso a paso, como los detectives verdaderos siempre lo hacen en la tele.

Le di la lista de gente que debía estar presente.

Después de estudiarla detenidamente, dijo —Bien, eso será fácil de arreglar. Somos sólo Bucho y yo los que estamos en tu lista. Pero pensé . . . bueno, sea lo que sea. Me imagino que sabes lo que

haces. —Sonaba decepcionada. Y cómo no estarlo. Por la poca información que le había dado, sólo podía concluir una sola cosa: que había estado equivocada con respecto a Bucho. Y aunque quisiera, yo aún no podía revelar nada más. No hasta que lo hiciera enfrente de ella y Bucho en los juegos de la escuela.

Empezó a escribir en su computadora. Cuando terminó, se dio vuelta en mi dirección. —Bucho y tú están en recreo en quince minutos. Termino mi almuerzo y los encuentro allá. ¿Te parece?

—Perfecto, —le dije. No lo podría haber planeado mejor. Porque no íbamos a ser los únicos que estaríamos en el patio de recreo en ese momento. También estaría el Malvado Marcador. En quince minutos más, lo desenmascaría.

Ahora, eran quince minutos más tarde. Tan pronto como di la vuelta a la esquina hacia el patio, la señora A dijo, —Ahí estás, Mickey. De seguro no fue tu intención dejarnos esperando a Bucho y a mí. Aquí estamos, ¿podemos empezar?

—Claro que sí, Directora Abrego.

Antes de empezar a hablar, miré a mi alrededor. Parados de izquierda a derecha frente a mí estaban la señora A y Bucho. Pero ellos eran sólo espectadores, como si fueran de utilería. Justo detrás de ellos varios niños jugaban diferentes juegos de recreo, entre ellos estaba Fito, quien estaba visiblemente pendiente del desarrollo de los acontecimientos desde una prudente distancia.

—Primero que todo, Señora A, estará feliz de saber que tenía razón. En el caso del Malvado Marcador, alguien que no es Bucho es responsable de

este grafiti, lo que significa que está siendo inculpado erróneamente.

Los dos respiraron con alivio.

—Mi primera pista fue la curiosa escritura del grafiti. Hace sólo dos días en la clase de español estudiamos vocabulario. Los homónimos para ser exactos. Uno de los grupos de palabras que se nos pidió aprender incluía sabia/savia.

Bucho asintió. —Así es, —dijo—. La señora Garza incluso nos enseñó cómo recordar cómo se escribía uno de ellos: "Señora Abrego, nuestra directora, es sabia". Como te lo dije al almuerzo, Mickey.

—Exactamente, pero al almuerzo también me dijiste que había sólo una manera de escribir "sabia", cuando de hecho hay dos. Incluso, al almuerzo, cuando de verdad contaba, no tenías idea de la otra: S-A-V-I-A, que es "un líquido espeso que circula por los vasos conductores de las plantas superiores y cuya función es la de nutrir a la planta". Estabas como un conejo frente a las luces del cazador, no entendías nada. Debes haber estado durmiendo cuando la señora Garza estaba hablando sobre esto, ¿verdad, Bucho? Pero *kudos*, es decir, buen trabajo por investigarlo por ti mismo después del almuerzo.

—¿Qué es lo que me dijiste?

—Nada. Sólo te dije buen trabajo . . . olvídalo. Ahora ya sabes cómo buscar cosas por ti mismo.

—Cuidado con lo que dices —me amenazó.

—No, tú cuidado, Bernabé, digo, Bucho. Mickey está tratando de ayudarte, así es que ayúdate a ti mismo manteniéndote calmado. Y tú, Mickey, menos sarcasmo.

Los dos dijimos, —Sí, señora.

Pero no pude evitarlo: —¿Bernabé, de veras? —Demasiado fácil.

Bucho frunció el ceño y dio un amenazante paso hacia mí. Retrocedí rápidamente.

—Bien, bien. Déjame continuar. Si tú no sabías como escribir las dos palabras, mucho menos sabías que existía esa segunda variación, entonces no podías haber escrito el grafiti de esta mañana. —En ese momento, le pasé la foto a la señora A, quien la compartió con Bucho—. Note la escritura, y el uso del recurso nemotécnico para recordarlo. Esto me indica que nuestro culpable también está estudiando vocabulario en la clase de la señora Garza. Y que también estaba muy alerta durante toda lección, al contrario de otros.

La señora A carraspeó.

—Sí, señora —dije—. Lo siento, Berna . . . Bucho.

—Disculpa aceptada, pero no exceptuada. Sin ninguna segunda intención —dijo.

Debo haberme visto un poco confundido porque Bucho sintió que debía explicarme más. —Aceptar/exceptuar, ¿sabes? Como homónimos. Perdón. ¿Quién es el conejo ahora?

Sacudí la cabeza para aclararla un poco y noté que la señora A había mirado hacia el lado para ocultar una sonrisa.

Cuando la señora A y yo habíamos retomado la compostura, Bucho dijo, —Bueno, suéltalo: si no fui yo, entonces ¿quién?

Compartí la información que el Ángel había compartido en un e-mail, aunque yo ya había llegado a

esas conclusiones por mi cuenta. También les di mi interpretación de la nota.

Cuando terminé de explicarles las pruebas, dije —Permiso. —Caminé hacia donde jugaban los niños—. Oye, Fito, ¿puedes venir aquí, por favor?

—¿Qué pasa, Mickey? —dijo mientras caminaba en dirección hacia la señora A y Bucho. Traía una pelota de básquetbol bajo su brazo izquierdo y tenía una mirada de preocupación.

—Necesitamos ayuda en un problema de escritura. Y creo que tú eres la persona correcta para ayudarnos a resolverlo.

—Claro, —dijo, sonriendo, sin sospechar nada.

—Señora A, usted conoce a Fito, ¿verdad?

—Mickey, por supuesto que sí. Conozco a todos mis estudiantes.

—Por supuesto, señora. Fito, como dije, necesitamos que nos ayudes con un problema de lenguaje. ¿Puedes deletrear la palabra "sabia", como en "Señora Abrego, es sabia?"

—¿Estás bromeando?

Lo primero que noté es que había ignorado totalmente la presencia de Bucho, una señal de que ya no eran mejores amigos.

—Por favor, hazlo, Fito —dijo la señora A.

Fito hinchó el pecho con orgullo. Hizo girar la pelota de básquetbol en su dedo índice. —Claro, entonces: S-A-V-I-A, "savia", como en "La señora Directora es savia". ¿Satisfecho?

—Completamente —dije. Y no era tan inteligente. En eso habíamos estado equivocados los dos, el Ángel y yo, pero eso no lo sabría nadie. No era un

uso intencional de palabras y de escritura después de todo. Debe haber estado durmiendo la segunda parte de la clase. Pónganlos juntos, a él y a Bucho, y puede que respondan correctamente una pregunta en una prueba, pero de seguro no eran el dúo dinámico.

—Completamente, por cierto —dijo la señora A—. Mickey, gracias por un excelente trabajo. Bucho, ¿te veo después de clases para nuestra reunión?

—Gracias —dije.

—Ahí estaré con bombos y platillos —dijo Bucho, sus palabras desbordaban sarcasmo.

—Tch, tch —dijo la señora A.

—Quiero decir, sí, señora, ahí estaré.

—Gracias —dijo la señora A, luego se volvió hacia Fito, que se veía muy confundido—. Joven, aunque usted no quiera, sígame a mi oficina. Tenemos algunas cosas que discutir. —Fito dejó caer la pelota junto con sus hombros y caminó a duras penas al lado de la señora A. Había cometido el crimen y ahora le tocaba pagar las consecuencias.

Había resuelto otro caso, y aunque estaba contento por eso, lo que más me alegraba era que al final había hecho lo correcto. Actué con sabiduría, como había escrito el Ángel en su correo electrónico.

Me agaché a tomar la pelota y fue cuando vi a la señora A poner un brazo alrededor de los hombros de Fito, lo que me dio a entender que iba a "trabajar" con él de la misma manera en que lo estaba haciendo con Bucho. Quise poner comillas en el aire otra vez, la tercera vez que me pasara esto en este día.

—Lo hiciste, Mickey. Probaste mi inocencia.
—Estaba muy contento—. Eso te enseñara a no juzgarme como un libro, lo que por supuesto no soy.

—También probé que nunca ganarás un concurso de deletreo.

Bucho miró para asegurarse de que la señora A ya no estaba antes de acercarse hacia a mí. —Te voy a . . .

Me encogí sin ninguna razón. Bucho no siguió el ceño fruncido con un puñetazo.

Se rio.

Le dije —Cuando me dijiste que uno de tus mejores amigos era inteligente, nombraste a Fito . . . Sólo a Fito. Tenías algo de razón.

Bucho se veía perplejo.

—Fito es más inteligente, pero no tanto.

Bucho sonrió grande. —¿No te lo dije? —Se volteó y se fue hasta el juego de cuatro cuadros más cercano.

Moví la cabeza y se me salió una risita. Bucho era un personaje. Todo un personaje.